Itsy-Bitsy Bulut

Gerçekleşen Gizli Bir Dilek

Translated from the Original English Version of
Itsy-Bitsy Cloud

Francis Edwards

Ukiyoto Publishing

Tüm küresel yayın hakları

Ukiyoto Publishing

Yayınlandığı yer 2023

İçerik Telif Hakkı © Francis Edwards

ISBN 9789360168490

Tüm hakları saklıdır.

Bu yayının hiçbir bölümü, yayıncının önceden izni alınmaksızın elektronik, mekanik, fotokopi, kayıt veya başka herhangi bir yolla çoğaltılamaz, iletilemez veya bir erişim sisteminde saklanamaz.

Yazarın manevi hakları ileri sürülmüştür.

Bu bir kurgu eseridir. İsimler, karakterler, işletmeler, yerler, olaylar, yöreler ve olaylar ya yazarın hayal gücünün ürünüdür ya da hayali bir şekilde kullanılmıştır. Yaşayan veya ölmüş gerçek kişilerle veya gerçek olaylarla olan benzerlikler tamamen tesadüfidir.

Bu kitap, yayıncının önceden izni olmaksızın, yayınlandığı cilt veya kapak dışında herhangi bir şekilde ödünç verilmemesi, yeniden satılmaması, kiralanmaması veya başka bir şekilde dağıtılmaması koşuluyla satılmaktadır.

www.ukiyoto.com

İthaf & Teşekkür

Lee Barry Turner'ın Anısına Adanmıştır

Bu Dünya'dan çekildi, 7 Şubat 2022

Artık benim koruyucu meleğim. Hastalığı sırasında zihnimi meşgul etmek ve sıkıntılarından uzak tutmak için bana her gün yazmamı söylüyordu. Dünya'da 7 Şubat 2022'de "Tebrikler, kitabınız yayınlanmak üzere kabul edildi" müjdesini duydu.

Lee Barry Turner, hayatım boyunca çocuklar için hikaye kitapları, denemeler ve şiirler yazma yolculuğumda attığım her adımda, ruhlarımız Tanrı'nın lütfuyla yukarıdaki Göklerde birbirine bağlanana kadar benimle olacak.

Google'dan aranan illüstrasyonlar

Belirtilen yerlerde bu aramalara atıfta bulunulmuştur:

Unsplash Bulut fotoğrafları:

Daoudi Aissa

Barrett

Scanner

Oskay

Emmanuel Appiah

Patrick Janser

Vladimir Anikeev

Nicole Geri

Josiah H

Julian Reijnders

Yurity Kovalov

İllüstrasyonlar ayrıca telifsiz, ticari kullanım kaynağından indirilmiştir:

The Graphics Fairy

Free Vector Images

Pixels

Pixabay

Peakpx

Created illustrations using:

Text on Image

Clip Art Free Download

Kapılarınızı yazarların kullanımına açtığınız için hepinize teşekkür ederim.

İçindekiler

Itsy - Bitsy'nin Sırrı	1
Itsy - Bitsy Bir Şiir Yazıyor	9
Itsy - Bitsy Sırrını Anlatıyor	12
Derin Rüya	15
Brownie'lerle Ziyaret	17
Elma Ağacı Perisi Şefi	21
Leprikonlar	25
Cücelerin Savaşı	29
Elfler	33
Zincir Bağlantı	38
Kelpie, At	43
Fırtına	45
Yazar Hakkında	*46*

Itsy - Bitsy'nin Sırrı

Bir zamanlar Itsy-Bitsy adında harika bir ruha sahip küçük bir kız varmış. Bir bulutun üzerine tırmanmak istermiş. Sırrını sadece kendine saklarmış. Itsy-Bitsy arkadaşlarının ve özellikle de ağabeyi Ziggy'nin onun bu dileğiyle dalga geçeceğini biliyormuş.
Itsy-Bitsy bulutlara bakmayı çok severdi. Kraliyet mavisi gökyüzüne karşı yavaşça yanından geçip giden büyük beyaz kabarık bulutlar her zaman ilgisini çekerdi. Bu özel bulutların ufukta kaybolmadan önce şekil değiştirdiklerini fark ederdi. Kimse onun bu hayranlığını anlamıyordu. Ziggy okula yürürken yere bakması için ona bağırırdı. "Itsy-Bitsy düşeceksin. Neye bakıyorsun sen? Anneme söyleyeceğim!" Itsy-Bitsy onu görmezden gelir ve tökezleyerek okula giderdi. "Ziggy Cloud, beni rahat bırak," dedi.
Okula vardığında, Itsy-Bitsy öğretmeninden her zaman pencere kenarında bir koltuk isterdi. Itsy-Bitsy öğretmenine claus-tro-pho-bia hastası olduğunu söyledi. Itsy-Bitsy kelimeyi sözlükten araştırdı ve bu durumu kapalı alan korkusu olarak açıkladı.
Itsy-Bitsy bu kelimeyi bir gün oyun parkındaki diğer annelere Itsy-Bitsy'nin neden sürekli yukarı baktığını açıklarken annesi Merry-Weather'dan duydu. Itsy-Bitsy bu etiketin okuldaki tüm sınıflarında pencere kenarında bir yer kapmak için her zaman işe yaradığını biliyordu. Itsy-Bitsy sadece geçen bulutları kontrol etmek için pencereden dışarı bakabilmek istiyordu. Itsy-Bitsy yalnız değildi. Diğer sınıf arkadaşları da sınıf penceresinden dışarı bakmaktan hoşlanıyordu ama onlar bulutları aramıyorlardı. Arada bir, Itsy-Bitsy'nin öğretmenleri onu pencereden dışarı bakarken yakaladı. Öğretmenleri hayal kurduğu için Itsy-Bitsy'ye ciddi ciddi baktılar.
Itsy-Bitsy bir günlük tuttu. Her gün bir bulut gördüğünde onun şeklini çiziyor ve şeklini tanımlamaya çalışıyordu. Itsy-Bitsy bulutun bir gemiye, bir ülkeye, bir hayvana, bir yıldıza, bir ağaca ya da bir insana benzediğini hayal ederdi. Bu onun oyunuydu. Bu onu saatlerce eğlendirirdi.

Itsy-Bitsy tüm çizimlerinde bulutlara yer verirdi. Babası Storm, Itsy-Bitsy okuldan eve her döndüğünde onları fark eder ve buzdolabının kapağına yeni bir çizim koyardı. Babası şöyle derdi: "Itsy-Bitsy bulutun tüm çizimdeki en iyi unsur. Bunu nasıl yapıyorsun. Asla anlayamayacağım" derdi.

Itsy-Betsy için okuldaki en iyi zamanlardan biri Fen Bilgisi dersine katılmaktı. Tüm bulut oluşumlarını öğrenmeye bayılıyordu. Itsy-Bitsy dört ana kategori olduğunu öğrendi. Bu kategoriler bulutların gökyüzünde ne kadar yüksekte olduklarına göre ayrılıyor. Itsy-Bitsy defterine yazdı:

Yüksek Bulutlara Cirrus Bulutları ya da Tüylü Bulutlar denir.

Cirrus Bulutları o kadar yüksektir ki bulutların içindeki su donmuştur. Bu bulutları görmek fırtınalı havanın yolda olduğu ya da sıcak bir cephenin geldiği anlamına gelir.

Cirrocumulus Bulutları yamalı görünümlü bulutlardır. İyi hava yaklaşıyor.

Cirrostratus Bulutları sütümsü görünümlü bulutlardır. Bütün gökyüzü kaplıdır. İçlerini görebilirsiniz. Bu, sıcak bir cephenin yolda olduğunu gösterir. Hava güzel.

Orta Bulutlar

Altokümülüs Bulutları yuvarlak ve oval görünümlüdür. Yağmurla doludur. Ancak, yağmur yere düşmeden önce buharlaşır. Bu bulutlar bir fırtınanın başladığını gösterir. Ayrıca soğuk bir cephenin yaklaşmakta olduğu anlamına da gelirler.

Altostratus Bulutları gri örtü bulutlarıdır. Hafif yağmur üretirler.

Itsy-Bitsy bu resmi küçük yaptı, çünkü bu bulutların görüntüsünden hiç hoşlanmıyor.
Alçak Bulutlar
Stratus Bulutları sis ve buğudur.

Stratokümülüs Bulutları birbirine çok yakın kabarık bulutlardır. Onlar tahmin
muhtemelen hafif bir çiseleme.

Çok Seviyeli Bulutlar büyük bir dikey yukarı yapı sergiler.
Kümülüs Bulutları sürüklenen güzel bulutlardır. Bu bulutlar akşamları kaybolur. İyi hava anlamına gelirler.

Kümülonimbus Bulutları dikey dağlardır.
Şiddetli yağmur ya da dolu fırtınalarının habercisidirler. Kasırga bile olabilir.

Nimbostratus Bulutları güneşi engeller. Bu Bulutlar çok karanlıktır. Mevsime bağlı olarak yağmur veya kar üretirler.

Itsy - Bitsy Bir Şiir Yazıyor

Itsy-Bitsy, artık gökyüzünde bulduğu tüm farklı bulutları doğrulamak için defterine gidebilir. Ziggy yukarı baktığı için onu suçlayamaz. Artık hava durumunu tahmin edebiliyor. Ailesine tavsiyelerde bulunuyor, şemsiye almak gibi kararlar vermelerine yardımcı oluyor. Itsy-Bitsy hava tahminlerini bir oyun haline getirmeye başladı. Tahminlerinin kaç kez doğru çıktığını takvimine yazıyor. Itsy-Bitsy her doğru tahmin yaptığında, Storm ona kumbarası için bir bozuk para veriyor. Ziggy çöpü dışarı çıkarmak zorunda. Annesi okul beslenme çantasına fazladan bir ödül koyar. Itsy-Bitsy'nin kedisi, yağmurlu günlerde onu güvenli bir şekilde içeride tuttuğu için ona özel bir miyavlama verir.

Itsy-Bitsy hava tahminlerinde o kadar başarılı olur ki, okuldaki herkes bulutlarla ilgili fen dersini hatırlayamadığı için ona danışır. Parktaki ve oyun alanındaki anneler de ona danışmaya başladı. Itsy-Bitsy'ye beklenen havanın nasıl olacağını soruyorlardı. Bir anne, "Açık havada havuz partileri planlama sürecindeyiz" diyordu. Itsy-Bitsy tüm bu ilgiden hoşlanıyor. Her gün yeni arkadaşlar edinir. Postacı da dahil olmak üzere tüm gazeteci çocuklar Itsy-Bitsy'ye nasıl bir hava beklediğimizi sorarlar.

Itsy-Bitsy İngilizce dersi için bir şiir yazar.

BULUT, BULUT, BULUT...

AŞAĞI GEL...

BEN...

TIRMANABİLİR MİYİM?

BENİ GÖTÜREBİLİR MİSİN...

GÖKYÜZÜNDE KAMP YAPMAYA...

AŞAĞIYA, YANIMA GEL.

ÇOK YAKINDA OLAMAZ.

BEKLEYEMEM...

KUTSAMANI ÖPEBILIRIM...

VARLIĞINI KUTLAYABILIRIM BULUT, BULUT, BULUT...

GEL BENI GÖTÜR.

YOLCULUĞUNA DEVAM ET.

KAYBOLMADAN ÖNCE KOŞULLANDIR.

Itsy-Bitsy şiirini Ziggy'ye okur ama Ziggy etkilenmez. "Bu şiir çılgınca, bir bulutun üzerinde oturamazsın, seni çılgın kız, içinden düşeceksin. Seni anneme şikayet edeceğim"! Itsy-Bitsy cevap verir, "Rol yapabilirim, aptal, şimdi git ve yağmur yağmadan çöpü dışarı çıkar".

Itsy-Bitsy babasına şiirini göstermek ister. Şiirden o kadar etkilenir ki, "Itsy-Bitsy neden C harfiyle başlayan tüm o kelimeleri kullandın?" diye sorar. Itsy-Bitsy cevap verir: "C okulda öğrendiğimiz alfabe harfi. Tüm bu C harfli kelimeler gelecek hafta heceleme sınavımızda olacak". "Oh, anlıyorum, işte kumbaran için bir dolar. Şiiriniz zekice kurgulanmış, tebrikler. İçeriği aktarmaya devam edin; telif hakkı talep edin".

Itsy - Bitsy Sırrını Anlatıyor

Bir gün annesi Itsy-Bitsy'den arka bahçeye çıkıp masa düzenlemesi için çiçek toplamasını ister. Merry-Weather bu öğleden sonra yerel Bahçe Kulübü'nü bir öğle yemeğinde ağırlamayı planlamaktadır. Itsy-Bitsy mavi çanlar, funda, acı bakla ve sarı çiçekler gibi yabani çiçekleri toplamakla meşgulken, bulutlara bakmaktan kendini alamaz. Bunu yapar yapmaz, Itsy-Bitsy paslı eski bir bahçe süsüne takılır. Onu eline alır ve bir Aşk Tanrısı olduğunu görür. Aşk Tanrısı çok mutludur. Yıllarca saklandıktan sonra nihayet bulunmuştur. Nemli toprakta paslanıp duruyordu. Itsy-Bitsy Aşk Tanrısı'nı büyük bir kayanın üzerine koymuş. Eros demiş ki, "Beni kurtardın. Senin için son okumu atacağım. Okum bir Bahçe Perisi'nin kalbini delebilir ve o da sana bir dilek hakkı verebilir." "Evet, evet, lütfen devam edin. Gizli bir dileğim var. Kedim Jumping-Jack dışında kimseye söylemedim. Sırrımı saklıyor, çünkü insan dilini konuşamıyor".

Itsy-Bitsy paslı Cupid'i dikkatlice daha rahat edebileceği pürüzsüz bir kayanın üzerine yerleştirdi. Eros son okunu doğrudan mor bir çiçek tarlasındaki bir karışıklığa attı.

"Bu bir Bahçe Perisi," diye ilan etti Itsy-Bitsy. "Onu görebiliyorum!"

Bahçe Perisi mor çiçeklerin üzerinde çırpınıyor. Şimdi Itsy-Bitsy onu masmavi gökyüzünde gerçekten görebiliyor. Bahçe Perisi her zaman çiçek rengine ya da arkasına saklandığı şeye uyacak şekilde rengini değiştirir. Bugün, o mor. Bugün saklandığı yerdeki mor çiçeklerle eşleşiyor. Bahçe Perisi, Itsy-Bitsy'ye sadece bir sırrı bir sırla değiştirebileceğini söyler. Bahçe Perisi, Itsy-Bitsy'ye, "Kalbim delik olduğu için önce bana sırrını söylemelisin" der. Itsy-Bitsy der ki, benim gizli dileğim bir bulutun üzerine tırmanıp gökyüzünde süzülmek. Bahçe Perisi cevap verir, "Benim sırrım dilekleri yerine getirememendir, ama senin dileğinin Vaftiz Anne Perin tarafından yerine getirilmesini isteyebilirim. Dileğini yerine getirebilecek tek kişi o. Soyadın Bulut olduğu için, vaftiz annenin adı da Bulut. Onu tanıyacaksın. Beyaz bulut görünümlü güzel bir elbise giymiş olarak, üzerinde bir yıldız olan sihirli bir asa taşıyarak sana gelecek."

Bahçe Perisi, Itsy-Bitsy'ye şöyle der: "Bir gece sen derin bir uykudayken gizli dileğini Vaftiz Annen Bulut'a bildireceğime söz veriyorum. İşte o zaman senin adına Vaftiz Anne Bulut'unla konuşabilirim. Vaftiz Annen Bulut her an derin bir uykuya dalabilir ve belki de dileğini yerine getirebilir." Bundan kimseye bahsetmemelisin. Eğer söylersen, dileğin gerçekleşmez. Uykunuz ne kadar derin olursa olsun, Vaftiz Anne Bulutunuz uykunuza girmeyecektir. Sırrın ortaya çıkarsa, uykunda rüya göremezsin. Bunu her gün ve günün her saati hatırlamalısın, kimseye söylememelisin.

Bahçe Perisi ayak sesleri duyuyor. Gitmeli. Uçup gitmeli ve mor renkli bir çiçek tarlasının arasına saklanmalıdır. Ortaya çıktığı kadar hızlı ve çabuk kaybolur.

Itsy-Bitsy arkasını döner ve kardeşi Ziggy'yi görür. "Neden bu kadar geç kaldın, annemin o çiçeklere hemen ihtiyacı var. Acele et, Itsy-Bitsy yoksa seni anneme şikayet ederim. Hiçbir şey yapacağına güvenilmez"!

Itsy-Bitsy telaşlanır. Bir kol dolusu çiçekle aceleyle uzaklaşır. Onları yanında getirdiği hasır sepete yerleştirmeye bile vakit bulamaz. Itsy-Bitsy çok mutludur. Ne düşüneceğini bilemez. Kesin olarak bildiği tek bir şey var. Sırrını kimseye söylememelidir.

Derin Rüya

Itsy-Bitsy'nin annesi her gece bir hikaye kitabı okuduktan sonra kızına "Tatlı rüyalar canım" derdi. Hiç rüya görmedi. Zavallı Itsy-Bitsy sırrını kimseye söyleyemiyordu. Bunu bilen tek kişi kedisi Jumping-Jack'ti. O da sadece miyavlayabiliyordu. Itsy-Bitsy, Bahçe Perisi'nin ne dediğini hatırladı: "Herhangi bir sır, horlama sırasında bile hafifçe yankılanırsa, sır bir Kümülüs Bulutu gibi yok olur".

Bir gece, Itsy-Bitsy uykusunda dönüp durmaya başladı. Zıplayan Jack miyavlamaya başladı, miyavladı, daha yüksek sesle ve daha yüksek sesle. Vaftiz Anne Peri Bulut ortaya çıkmış. "Gizli dileğini yerine getirmek için geldim. Artık huzur içinde uyuyabilirsin, sevgili çocuğum. Testi geçtin. Bizim ya da senin hiçbir sırrımızı kimseye söylemedin. Birçok çocuk senden gizli dileğini istedi ama hepsi başarısız oldu. Tüm ayartmalara direndin. Kendini bana kanıtladın. Diğer çocuklar bir buluta tırmanmak için bu gizli dileği tutamadılar. Tüm umutlu bulutları yağmura dönüştü. Dilekleri yağmurla yok oldu. Bir zamanlar seçtikleri buluta tırmanamazlar. Dilekleri sonsuza dek yok oldu. Siz şanslısınız. Bulutun seni bekliyor.

Yaşadığım dağ, Peri Ülkesi'nin başkentidir. Ben Peri Diyarı Dağı'nın Kraliçesiyim. Dağıma seni bir Kap Bulutu yapması için talimat verdim. Dağa tırmanmaya başladığında, sihirli değneğimle rüzgarları dağın zirvesine doğru yönlendirerek Başlık Bulutunu oluşturacağım. Kediniz onu eyerlemenize izin verecek. Daha sonra bulutun üzerine atlayabilir.

Alkış Bulutu sizi benim dünyama, yani Öteki Dünya'ya götürecek. Krallığımı ziyaret edeceksiniz. Varışınızı onaylamak için, her Diğer Dünya Arazisinde bir kartpostal vermelisiniz. Bu kartpostallar ziyaret edeceğiniz tüm fae'lerin adreslerini içerecek. Ziyaret ettikten sonra, arazi kartpostalı bana gizli dileğinizi söyleyen Bahçe Perisi tarafından bana geri uçurulacak. Bu ziyaretinizi onaylayacak. Clap Cloud, siz ve Jumping-Jack'in de içinde bulunduğu farklı fae insanlarının olduğu yeni bir araziye doğru hareket edecek. Eğer Bahçe Perisi, her bölgenin baş reisi tarafından imzalanmış bir kartpostal olmadan uçarak bana geri dönerse, Şapka Bulutu sen ve Zıplayan Jack olmadan yoluna devam edecek. Siz ve evcil kediniz sonsuza dek benim Öteki Dünyamdaki arazi perilerinin içinde yaşayacaksınız. Asla ayrılmayacaksınız. Tüm tebaam sırlarını kendilerine saklayacaklarına söz verir. İnsan dünyanızdaki hiç kimse Öteki Dünya Krallığımda nerede olduğunuzu asla öğrenemeyecek.

Vaftiz Anne Bulut'un perilerin uyması gereken başka bir kuralı daha var. Periler asla yalan söylemez. Gerçekler söylenmelidir.

"Şimdi gidin bakalım!"

Brownie'lerle Ziyaret

Clap Bulutu gökyüzünde sürüklenir ve çiftlik arazisinin üzerinde gezinir. Itsy-Bitsy ve Jumping-Jack çiftlik hayvanlarını, bir ahırı ve bir çiftçinin evini görürler. Itsy-Bitsy kendi kendine "Ne kadar harika" diye düşünür. Kaptan Bulut'a sorar, "Bu ilk Arazi mi?" "Evet, şimdi Jumping-Jack seni benden alırken üzerinde Brownies yazan doğru kartpostalı yanına aldığından emin ol".

Itsy-Bitsy ve Jumping-Jack geliyor ve Brownie Çalışkan İşçi tarafından karşılanıyor, "Hoş geldiniz"! "Çiftlik Arazisinde fazladan bir yardım eli görmek güzel". "Güzel İran Kediniz kendisine evden uzakta bir ev yapabilir. Şuradaki büyük balkabağının içine atlayabilir. Bence orada yuva kurmayı çok sevecektir."

Brownie Çalışkan, çiftçinin gece benim yardımımla tarlalardaki tüm balkabaklarını topladığını açıklıyor. Balkabağı oyma zamanı için geldiniz. Balkabaklarının üzerine yüzler oyulur. Ruhları korkutup kaçırmak için geceleri mumlarla yakılırlar. Ruhlar periler değildir. Ruhlar çiftlikteki hayvanları korkutan hayaletler, cadılar, şeytanlar, vampirler veya zombiler olabilir. Birdenbire, 31 Ekim'de ortaya çıkarlar. İnsanlar bu olayı Cadılar Bayramı olarak adlandırır. Göreviniz 50 balkabağına yüz oymak olacak. Her balkabağına farklı bir korkutucu yüz oyulmalı. Şimdi gidip Çiftlik Arazisi Şefi'ne burada olduğunu söylemeliyim. İyi şanslar canım. Sonra görüşürüz. Mümkün olduğunca çabuk balkabağı oymaya başlayın. Burada bir oyma bıçağı var. Kendini kesmemeye dikkat et. Bu arada, kediniz her bir oyulmuş balkabağını her bir hayvan ağılına dağıtabilir. Domuzlar için fazladan birkaç balkabağı sağladığınızdan emin olun. Cadılar Bayramı gecesinden önce her zaman birkaç tane yerler.

Çalışkan İşçi, Çiftlik Arazisi Şefine Alkış Bulutunun balkabağı oyması için insan dünyasından bir ziyaretçi getirdiğini söylemek üzere yola çıkar.

"İşte burada, işte burada," diye bağırıyor Çalışkan İşçi. Onun adı Itsy-Bitsy Cloud. Bizim için balkabağı oyacak. Bak, başladı bile.

Çiftlik Arazisi Şefi korkunç bir balkabağı kılığına girmiştir. Itsy-Bitsy'yi selamladığında ona Cadılar Bayramı gecesindeki görevinin çiftçinin evini kötü niyetli davetsiz misafirlerden korumak olduğunu açıklar. Çiftçinin verandasında kalmalıyım. Lütfen görünüşümden dolayı endişelenmeyin. Cadılar Bayramı'ndan sonra, sivri kulaklı normal bir Brownie gibi görüneceğim. Itsy-Bitsy ona kartpostalını veremeyecek kadar korkmuş. Zıplayan Jack balkabağına koşar ve içine atlar. Itsy-Bitsy 50 balkabağı oyana kadar beklemeye karar verir.

Itsy-Bitsy balkabağı oymaya ve oymaya devam eder. Çok geçmeden oyacak farklı yüzler bulamamaya başlar. Ziggy'nin yüzünü on kez oydu! On farklı şekilde. Itsy-Bitsy, Jumping-Jack'e Ziggy'nin balkabağı yüzlerinin çoğunu domuz ağılına götürmesini söyler. Itsy-Bitsy domuzların aç olduğunu umuyor. 33 yüze ulaştığında, zavallı Itsy-Bitsy balkabaklarının üzerine farklı bulutlar kesmeye başlar. Fırtına bulutlarının cadıları korkutabileceğini düşünür. Cadılar fırtına sırasında uçmaktan korkacaklardır.

Itsy-Bitsy, Brownie'lere yardım ettikten sonra bulutlara binmek ister. Itsy-Bitsy kartpostalını Şef'e ulaştırmak için akıllıca bir yol bulur. Itsy-Bitsy kartpostalını oyduğu balkabaklarından birinin içine yerleştirerek Şef'e marifetlerini gösterir. Çalışkan İşçi balkabağını Reis'e teslim eder ve içine bir mum yerleştirmek için kapağı kaldırdığında eli kartpostalı yakalar. Kartpostalı imzalar ve artık turuncu renkte olan Bahçe Perisi üst üste yığılmış balkabaklarının arasından kanat çırparak çıkar ve kartpostalı kanatlarının altına alır. Bahçe Perisi kartpostalı Vaftiz Anne Bulut'a teslim etmek üzere gözden kaybolur.

Cadılar Bayramı gecesi gün batımından sadece birkaç saat önce Şapka Bulutu ortaya çıktı ve Zıplayan Jack Itsy-Bitsy'yi sırtına alıp Şapka Bulutu'nun üzerine atladı. Itsy-Bitsy çok mutluydu. Cadılar Bayramı gecesi Çiftlik Arazisi'nde avlanan herhangi bir goblinin Zıplayan Jack'i korkutacağını biliyordu. Zıplayan Jack kaçıp çiftlikte bir yere saklanabilir ve asla bulunamazdı. Hatta Itsy-Bitsy domuzların Ziggy yüzlü bir balkabağı yerine Zıpzıp-Jack'i yiyebileceğine bile inanıyordu.

Itsy-Bitsy, Cadılar Bayramı geleneğine uygun olarak Reis'e bir oyun oynadı. Yalan söylenmedi. Itsy-Bitsy'nin ikramı gün batımından hemen önce gelen Clap Cloud'du. Itsy-Bitsy ve Jumping-Jack, dolunay ve yıldızlarla aydınlanmış gökyüzünde Clap Cloud uzaklaşırken çiftliğin etrafındaki tüm ışıklı balkabaklarını ve bir sürü tuhaf gölgeyi görebiliyordu.

Elma Ağacı Perisi Şefi

Kap Bulutu çok uzağa gitmez. Devasa yaşlı ağaçlarla dolu sık bir ormanın üzerinde gezinmeye başlar. Şapka Bulutu durur. Itsy-Bitsy ve Jumping-Jack sık ve karanlık bir ormana doğru fırlarlar. Itsy-Bitsy ağaçların arasında bulduğu bir patikayı takip etmeye başlar. Ağaçlar yüz yıl ya da daha uzun süredir orada büyüyor gibi görünüyor. Hayvanat bahçesindeki filler gibi kocaman gövdeleri vardır. Itsy-Bitsy bazı ağaçların üzerinde yüze benzeyen düğümler olduğunu fark etmeye başlar. Ayrıca bazı ağaçların arkasında bir şeylerin saklandığını düşünmeye başlar. Jumping-Jack dev bir elma ağacına doğru miyavlamaya başlar. Jumping-Jack hiç ilerlemiyor. Zavallı kedi olduğu yerde donup kalır. Sürekli yukarı bakıyor ve çok korkutucu bir sesle miyavlıyor. Itsy-Bitsy de bir kedi kavgasından hemen önce aynı sesi Jumping-Jack'ten duyar. Miyavlama tıslama sesine dönüşüyor. Jumping-Jack savaşa hazırlanmak için sırtını kamburlaştırır. Itsy-Bitsy korkuyor. O da Jumping-Jack gibi donup kalıyor ve titremeye başlıyor. Kaçmak istiyor ama hareket edemiyor.

Yaşlı Elma Ağacı çok tiz bir sesle konuşmaya başlar. "Dryadlar Arazisi'ne geldiniz ve ben Reis Elma Ağacı'yım. Merak etmeyin. Biz Dryadlar asla ağaçlarımızın dışına çıkmayız. Bir düğüm bir yüze dönüştüğünde ağacın bir parçası oluruz.

Seni görebilen gözlere sahip tek Dryad benim. Gözlerim, dünyanızdan ağaçların arkasına saklanmaya çalışan çocukları görmemi sağlıyor. Kartpostallarını kaybettiklerini söyleyen bazı çocukların yalan söylediğine inanıyorum. Diğerleri ise kartpostallarını bana vermekten korkuyor, çünkü bakışlarımdan ya da sesimden korkuyorlar, ki bu daha doğru. Tüm bu çocuklar sonsuza kadar burada kalmalı. Burada sıkışıp kaldılar. Hepsi fındıkla ya da yere düşüp yuvarlanan elmalarla hayatta kalıyor ve gövdemden uzaklaşıyorlar. Annelerinin söylediği tatlı sözlere çok alışmışlar. Benim derin sesim onları ağacımdan uzak tutuyor. "Benden korkuyor musunuz?" "Hayır, ama kedim Jumping-Jack korkuyor. Bazen tıpkı seninki gibi alçak ve çukur bir sesi olan bir kardeşim var. Özellikle beni anneme söylemekle tehdit ettiğinde sesi kalınlaşıyor".

Ağaçların arkasındaki çocuklar Itsy-Bitsy ve Jumping-Jack'i selamlamak için yavaşça dışarı çıkarlar. Itsy-Bitsy'ye annesi daha az şanslı çocuklara yardım etmeye çalışmasını söylemiştir.

Itsy-Bitsy her çocuktan bir kartpostal ister. Itsy-Bitsy çocuklarla fısıldayarak konuşur. Ağaç Şefi'ne bir oyun oynayacağım. Söz veriyorum hepiniz benimle birlikte bulutlara karışacaksınız. Çocuklar cevap verir: "Ağaç Reisi bizi kovalamak için dallarını kullanacak. Bulutuna ulaşamayacağız." Itsy-Bitsy cevap verir, "Oh hayır yapmayacak, o yalan söylemez. Eğer numaram işe yararsa, Bahçe Perisi tüm kartpostallarınızı alıp Vaftiz Anne Bulut'a geri uçuracak". Itsy-Bitsy "Numara yapmak yalan söylemek değildir" der.

Her çocuk kartpostalını Itsy-Bitsy'ye verir. Bu yapıldıktan sonra. Itsy-Bitsy, Jumping-Jack'in sırtında Reis'in Ağacı'nın arka tarafına sıçrar. Ağaç hiçbir şey hissetmiyor. Itsy-Bitsy, Jumping-Jack'in yardımıyla ağaç özsuyuyla her yaprağın arkasına bir kartpostal gizler. Itsy-Bitsy sonbahar altın sarısı veya turuncu yaprakları seçer.

Itsy-Bitsy, ormandan hafif bir esinti gelip ağaçlardan dökülen yaprakları sallayana kadar bekler. Şef düşen yapraklar gözüne çarptığında, bir dalı tutarak yaprağı gözünden uzaklaştırır. Bu yapraklara bir kartpostal iliştirilmiştir. Itsy-Bitsy ve Jumping-Jack sevinçle bir aşağı bir yukarı sıçrarlar. Itsy-Bitsy haykırır, "Bakın çocuklar, numaram işe yaradı!

Şimdi yeşil ve sonbahar altın sarısı giysiler içindeki Bahçe Perisi bir daldan aşağıya çırpınarak iner. Reis Dryad tarafından imzalanmış tüm kartpostalları alır. Çocukların hepsi sevinçle zıplar. Itsy-Bitsy, "Sen çok ama çok zekisin. Artık seninle ve kedinizle gidebiliriz. Teşekkürler, teşekkürler!"

Itsy-Bitsy ve Jumping-Jack de çok mutlu olurlar. Itsy-Bitsy yalnız seyahat etmek zorunda kalmayacak, konuşacak yeni arkadaşları olacak. Zıp Zıp'ın da kucaklamalar ve sarılmalarla çok fazla ilgisi olacak.

Çok geçmeden Şapkalı Bulut ortaya çıkar ve Zıp Zıp sırtında buluta binecek beş yeni arkadaş taşır.

Itsy-Bitsy konuşacak arkadaşları olduğu için o kadar mutludur ki yaşlı Elma Ağacı'nı hatırlamak için bir şiir yazar.

Apple için A, Apple, Apple
Elma Ağacı.
Kırmızıyı görebilen...
Sahip olmaya izin ver.
Alınacak çok şey var.
Onlarla uzakta...
İyi bir ağaç.
Değiştirmek için hesap...
Başka bir yıl gelecek.
Her zaman iyi bir ikram.
Önlük giy.
İyi bir ölçü uygulayın.
Talimatlara göre.
Erişim...
Aroma ateşlemek için ...
İştah...
Takip etmek için onay.
Alkış...
Size başka bir...
Kutsamalarınızı ekleyin...
Elmalar, elmalar, elmalar.

Leprikonlar

Gökyüzünde Cap Bulutu, Ticaret Rüzgârlarıyla birlikte ilerleyerek çocukları Kuzey Amerika'daki bir araziden Avrupa'ya, Atlantik Okyanusu boyunca doğuya doğru itti. Uykulu çocuklar, Hunların İrlanda dediği Leprikonlar Diyarının evine götürülür.

Bu utangaç periler tamamen erkeklerden oluşur. İnsanlar orada yaşamaya başlamadan önce de Terrain Leprechaun'un bir parçasıydılar. Leprikonlar günümüz İrlanda'sında benimsenmiş bir sembol haline gelmiştir. İrlanda folklorunda onlar hakkında yazılmış birçok İrlanda hikayesi vardır.

Çocuklar, gittikçe daha yüksek sesle çalan müzik ve dans sesleriyle yavaşça uyanırlar. Müziğe ayak uyduran çekiç sesleri gibi tıkırtılar duyarlar. Çocuklar artık tamamen uyanmışlardır ve eğlenceye katılmak isterler. Çocuklar sağlam bir zemine indikleri için mutludurlar. Çocuklarda bulut gecikmesi vardı. Doğuya doğru seyahat ederken zaman geriye doğru ilerler. Yorgunluk hissini çabucak atlattılar. Etrafları dost canlısı Leprikonlar tarafından sarılmıştır. Arazilerine yeni gelenleri bu şekilde karşılıyorlar. Hatta bir Leprikon tüm çocukların okuması için bir işaret bile kaldırdı.

"Çocuklar, hepiniz içeceklere ve partimize hoş geldiniz." Siz eğlenmekle meşgulken, biz ayakkabıcılar da size yeni ayakkabılar yapacağız. Çocukların ayakkabılarını çok çabuk eskittiklerini biliyoruz. Bu bizim size hediyemiz olacak. Deri ayakkabı artıklarından kediye yeni bir tasma yapacağız. Itsy-Bitsy, "Ne kadar harika, çok teşekkür ederim" diye cevap verir. Jumping-Jack miyavlamasını ekler. Tüm çocuklar alkışlar ve aptalca davranarak dans etmeye başlarlar.

Çok geçmeden Itsy-Bitsy gözlerini her kırpışında konuştuğu Leprikon'un kaybolduğunu fark eder. Itsy-Bitsy kendi kendine, "Gözlerimi kırparsam Şef Arazi Leprikonuna altı kartpostalı nasıl vereceğim" diye düşünür. Göz kırpmadan duramıyorum. Zekice bir numara yapmam gerektiğini biliyorum.

Itsy-Bitsy bir Leprikon'a sorar, "Eski yıpranmış ayakkabılarımızı ne yapacağız?" Leprikon cevap verir: "Bırakalım da kararı Şef Arazi Leprikonu versin. Tüm eski ayakkabılarınızı ona vereceğiz ve Şef Leprikonumuz onları durumlarına göre ayıracak. Yeniden kullanılabilecek bir şey varsa, onları kış yakıtı olmaktan kurtaracağız. Arazimizin dört bir yanındaki köylerdeki küçük evlerimiz onarılamaz eski ayakkabılarla ısıtılıyor".

Itsy-Bitsy düşünmek için bacak bacak üstüne atar. Okuduğu pek çok hikaye kitabından hiç kimsenin bir Leprikon yakalayıp bir küp altın almadığını biliyor. Aslında, son bin yılda hiç kimse bir Leprikon yakalamamıştır, bir yerlerde okuduğunu hatırlıyor ya da belki Ziggy ona söylemiştir. Itsy-Bitsy bir küp altın istemiyor. Altın, Kaptan Bulut'un onu yeni arkadaşlarıyla birlikte almaya gelmesine izin vermeyecektir. Itsy-Bitsy kartpostalları Şef Leprikon'un eline vermenin bir yolunu bulmalıdır.

Itsy-Bitsy tüm perilerin hediyeleri sevdiğini bilir. Itsy-Bitsy gizlice tüm çocukların kartpostallarını toplar. Her kartpostalı her çiftin sağ ayakkabısının içine yerleştirir. Her çiftin sağ ayakkabısını bir kutuya koyar ve kutuyu Leprikonlardan birinin istediği kağıtla sarar. Hediye kâğıdı, Leprikonlar tarafından kullanılan bir iyi şans sembolü olan dört yapraklı yeşil yoncalarla kaplanır. Itsy-Bitsy tüm sol ayak ayakkabılarını bir torbaya koyar ve torbayı bir ayakkabıcıya verir. Paketlenmiş hediyeyi Arazi Leprikon Şefine sunar. Itsy-Bitsy gözünü kırpmadan, "Şef Terrain Leprikon, lütfen bizi ağırladığınız ve nazik misafirperverliğiniz için Kap Bulutu'ndaki tüm çocukların bu mütevazı hediyesini kabul edin" der. Reis önce kutuyu sallar, sonra da ayakkabıları görmek için açar. Böylesine düşünceli bir davranış onu çok sevindirir. Her bir ayakkabıyı inceler ve kartpostalları alır. Her birine mutlulukla imzasını atar. Itsy-Bitsy, Bahçe Perisi'nin dört yapraklı bir yoncanın arkasından çıktığını görür. Bahçe Perisi tamamen yeşil giyinmiştir ve kartpostalları alıp uçarak uzaklaşır.

Itsy-Bitsy sonunda yeni ayakkabılarıyla dans eden tüm çocukların yanına koşar. Onları yaklaşan Kap Bulutu'na karşı uyarır. Zıplayan Jack, güç vermesi için genişliği artırılmış yeni mavi yakasıyla mırıldanıyor. Çocuklar Alkış Bulutu'na taşındıklarında ona tutunarak kendilerini daha güvende hissedecekler.

Itsy-Bitsy bu mutlu olayın şerefine bir şiir daha yazar.

KİTAP, KİTAP, KİTAP için B
İnanın bana, okuyacağım.
En iyisi eğlenmek.
Oynamaktan daha iyidir.
Arkadaşım ol.
Okumak amacım oldu.
Bilgimin ötesinde...
Geçmişimin ardında...
Yeni bir maceraya başlamak.
Her saati aydınlat.
Becken my thoughts...
Benim...
Can sıkıntımı.
 Cesur küçük...
Kitap, Kitap, Kitap
Sayfaları bağla.
Hikayeyi benim için bağla.
Leprikonlara inan.

Cücelerin Savaşı

Kap Bulutu masmavi gökyüzüne doğru fırlatılabildi. Bu kez Kap Bulutu, Itsy-Bitsy'ye "Arkadaşlarını Öteki Dünya'da nereye götürmek istersin?" diye sordu. "Lütfen bizi Gnome Arazisi'ne götür. Cücelerin dost canlısı olduğunu biliyorum. Çok eğlenmeyi severler. Evimin arka bahçesinde Cücelerim var. Ziggy beni kovalarken hep bir tanesine takılıp düşüyor. Her zaman beni suçluyor ve 'Anneme seni şikayet edeceğim' diyor. Hepimiz onları ziyaret etmekten mutluluk duyarız. Bundan eminim".

Kap Bulutu'nun üzerinden bakarken, Kap karaya yaklaşırken, Itsy-Bitsy kocaman bir işaret gördü.

Itsy-Bitsy, bu yeni araziye inmeden önce Cap Cloud'daki beş çocuğun bir oylama yapmasına karar verdi. Oylama eşit sonuçlanamayacağı için bu en iyi çözüm olacaktı. Oylama el kaldırma usulüyle yapıldı. Yeşil Cüce Şapkaları kazandı.

Itsy-Bitsy karardan memnundu, çünkü tabelayı bir Yeşil Şapkalı Gnome tutuyordu! Zıplayan Jack tarafından teslim edilen Itsy-Bitsy, Gnome'a savaşın ne hakkında olduğunu sordu. Gnome, "Savaş insanlar tarafından başlatıldı. Onlar bahçeleri için sadece Kırmızı Şapkalı Cüceler satın alıyorlardı. Birçok Yeşil Şapkalı Cüce kıskanmaya başladı. Yeşil Şapkalılar, Kırmızı Şapkalıları mağaza raflarından kaldırmak için çekiçlerle onları parçalamaya başladılar. İnsanların Yeşil Şapka satın almak için tek seçeneği olacak. Fabrikalarımızın Yeşil Şapka üretimi bir süredir düşüşte ve bu da birçok Yeşil Şapka Cücesi için işsizlik ve sıkıntıya neden oldu". Gnome Arazisinde biri Kırmızı Şapkalı diğeri Yeşil Şapkalı olmak üzere iki Reis vardır. Savaşı kazanan Reis burada, tabelanın yanında belirecek ve zaferini ilan edecek. Bir atın yaklaştığını görene kadar saklanın. Sadece iki Şefin atı var.

Itsy-Bitsy'nin yüzü kıpkırmızı oldu. Annesi arka bahçe için bir Kırmızı Şapkalı Cüce satın aldı. Itsy-Bitsy şimdi eve döndükten sonra şapkayı yeşile boyamak istiyor. Ziggy muhtemelen "Seni anneme şikayet edeceğim" diyecektir!

 Itsy-Bitsy ve beş çocuk herhangi bir savaş göremezler ama uzaktaki tarlada heykellerden düşen seramik şapkaların sesini duyabilirler. Yeşil Şapkalı Cüce tüm çocuklara şöyle der. Eğer korkuyorsanız, şuradaki ormanda ağaç köklerinin yanına kazılmış çukurlara saklanın. Kırmızı Şapkalılar bu tarafa doğru ilerliyor ve yakında savunma hattımızı kırabilirler. Gördüğünüz gibi, savaşçılarımız Kızıl Şapkalılardan daha zayıf. Bizi güçlü savaşçılar haline getirecek yiyeceğimiz yok. Durum belirginleşiyor. Savaş cephesinin gürültüsü gittikçe artar. Bütün çocuklar kaçmaya ve büyük tabelanın yakınındaki ağaçların köklerinin etrafındaki deliklere saklanmaya karar verir. Çocuklar evlerindeki eşyaları kırdıkları için aldıkları cezaları hatırlarlar. Kırmızı Şapkalılar ve Yeşil Şapkalılar arasındaki savaşta yer almak istemezler. Çocuklar eve döndükten sonra sert bir şekilde cezalandırılabilirler.

Artık sessiz olan savaş alanından, atlı bir Şef Arazi Cücesi, Itsy-Bitsy ve Jumping-Jack'in hemen önünde şapkasız bir şekilde belirdi.

Tüm çocuklar saklanmak için koşmadan hemen önce, Itsy-Bitsy kartpostallarını topladı. Itsy-Bitsy Reis'e, "Şapkanı kaybetmişsin" dedi. "Hayır", dedi Şef gülerek. "Dost ya da düşman tarafından ezilmekten korunmak için çıkardım". Itsy-Bitsy, Yeşil Şapkalı Cüce'nin kendisine verdiği tüm bilgilerden yola çıkarak bir tahminde bulundu. Itsy-Bitsy yakınlarda bulduğu kırmızı bir şapkayı aldı ve kartpostalları şapkanın içine yerleştirdi. Arazi Şefi şapkayı taktı ve kartpostalları aldı.

Arazi Kırmızı Şapka Reisi Itsy-Bitsy'ye ateşkes ilan edildiğini ve savaşın sona erdiğini söyledi. Kırmızı Şapkalılar insan mağazalarına girerek müşterilere bir Kırmızı Şapka aldıklarında yarı fiyatına bir Yeşil Şapka alacaklarını teklif edecekler. Bu plan Yeşil Şapkalıları mutlu edecek ve işçilerini Cüceler yapmakla meşgul edecek. Herkes kazanacak.

Artık kırmızı ve yeşil görünen Bahçe Perisi yeşil şapkadan çıktı ve imzalı kartpostallarla uçup gitti. Tüm bunlardan sonra çocuklar bir ateşkes kutlamasına katıldılar. Şapka Bulutu geldi ve tüm çocukların Zıplayan Jack tarafından taşınmasına yetecek kadar uzun süre partinin üzerinde gezindi.

Hurdle için H
Üzerinize yığılıyor.
Sana doğru geliyor.
Dayanın.
Kararlı ol.
Denemelere başla.
Hedefi vur.
En iyisini um.
Başka bir plan yap.
Başarılı olursa onu selamla.
O engeli yık...
Arkasına saklan.
Yüzleşecek bir tane daha mı var?
Listenin yarısı gitti...
Başka bir keşfe atla.
İşte başka bir sır geliyor.
Mutlu olacaksın...
Karşı koymak zor...
Başkalarına yardım etmek.
Kırmızı Şapkalar...
Yeşil Şapkalar...
Seçim senin.
Ev bahçesi kucaklayacak.

Elfler

Şapka Bulutu yine masmavi bir gökyüzünde süzülürken tüm çocuklar ona tutunmaya çalışıyordu. Bu kez Şapka Bulutu Kuzey Kutbuna doğru kuzey yönünde ilerledi. Tüm çocuklar soğuk havayı hissetti ve ısınmak için fazladan battaniye ve süveter (kazak) aldı. Çocukların çoğunun başında Gnome Terrain'den Yeşil Şapkalar vardı. Çocuklardan biri Kuzey Kutbunda kimin yaşadığını biliyordu ve onun adını bağırdı: Noel Baba. Çocuklar onu yüksek sesle ve net bir şekilde duydular. Itsy-Bitsy ve Jumping-Jack hepsinin yüzündeki heyecanı görebiliyordu.

İnişten sonra çocukların ilk gördükleri şey Ren Geyikleriydi. Evet, dokuz tanesi birden. Onlara çocukları Noel Baba'nın Arazi Krallığı'na götürmeleri talimatı verilmişti. Sorun şu ki, Noel Baba'nın talimatını yerine getiremediler. Çocuklardan daha fazla ren geyiği vardı. Ren geyikleri, hangi ren geyiğinin bir çocuk seçeceği konusunda kavgaya başlayabilirdi. Ren geyikleri homurdandı ve yaygara kopardı. Itsy-Bitsy ne yapacağını biliyordu. Beş çocuğa iki kardan adam yaptırdı. Artık her ren geyiğinin taşıyacak bir yolcusu vardı - 6 çocuk, 2 kardan adam ve Zıplayan Jack. Artık her şey yolundaydı.

Ren geyikleri yükleriyle birlikte karların içinden geçerek Noel Baba'nın Krallığı'na doğru yola çıktılar. Oraya vardıklarında çocukları Ify adındaki Elf karşıladı. Ify, "Ify sen şunu yap, ben bunu yapacağım" derdi. Ify hiçbir şeyi kendi başına yapmazdı. Her zaman yardıma ihtiyaç duyardı ya da herkese ne yapacağını önce söylerdi. Itsy-Bitsy ve çocuklara şöyle derdi: "Eğer sıraya girerseniz, Noel Baba Krallığı'nın kapısını açacağım. Eğer elinizi uzatırsanız, elflerin elinizi sıkmasını sağlarım. Eğer elflere isminizi söylerseniz, ben de size onlarınkini söylerim. Eğer gidip masaya oturursan, aşçılara senin için öğle yemeği hazırlatırım. Aşçılar masaya yemek getirmeme yardım ederse, yemeği ben servis ederim".

Itsy-Bitsy, Ify'ye "Noel Baba Arazinin Şefi mi?" diye sordu. Ify hayır dedi, ama Noel Baba Reis Elf'in yerine geçiyor. Yıllar önce Reis Elf'imiz bizi terk etti. Periler arasındaki anlaşmazlıkları çözen Seelie Mahkemesi, Arazi Reisi Elf'in şu anda Noel Baba Krallığı olarak adlandırdığımız Kuzey Kutbu'ndan sürülmesine karar verdi. Itsy-Bitsy sordu, "O ne yaptı?" Şef Elf Noel'den nefret ediyordu. Sezonu kutlamayı reddetti. Bir yalan söyledi ve yıllarca Noel'i seviyormuş gibi davrandı. Itsy-Bitsy daha sonra "Diğer Dünya bunu nasıl öğrendi?" diye sordu. Bir Noel sezonunda, Reis Elf elflere tüm oyuncakları kusurlu yapmalarını emretti. Reis Elf, oyuncakların parçalanması için talimatları çizimlerle bile değiştirdi. Noel Baba bu oyuncakları dünyanın dört bir yanına dağıttı. Ancak ertesi yıl Reis Elf'in foyası ortaya çıktı. Dünyanın dört bir yanından, geçmiş Noel'de aldıkları oyuncaklardan şikayet eden çocuklardan mektuplar geldi. Çocuklar mektuplarına, kusurlara karşı garanti içeren oyuncaklar istediklerini de eklediler. Bu mektuplar toplandı ve ekspres Bahçe Perileri tarafından soruşturma için Seelie Mahkemesi'ne gönderildi. Mahkeme oyuncak yapımcısı Elflerle görüştü. Elfler planlarını da yanlarında götürdüler. Planlar Arazi Şefi Elf tarafından onaylandı.

Seelie Mahkemesi ayrıca Şef Elf'in iyi oyuncakları aldığını ve onları kara gömdüğünü de tespit etti. Bu gerçek, Noel Baba Krallığı erken bir çözülme yaşadığında ortaya çıktı. Oyuncaklar bazı Elfler tarafından bulundu. Elfler kartopu savaşı yapıyorlardı. Elfler oyuncakların karın içinden çıktığını görmüşler. Kartopu savaşından önce, ren geyikleri kemirecek yiyecek ararken yaptıkları gibi yerde tepinerek oyuncakları kırdılar.

Seelie Sarayı, yalanlarla dolu bir hayat yaşanamayacağı kuralına sadık kaldı. Reis Elf, yalan söylememek için Arazi Altın Kuralını çiğnedi. Vaftiz Anne Peri Bulutu, Reis Elfimizi Güney Kutbuna gönderdi. Nacreous Clouds adında iki özel bulut gönderdi. Tanrıça Peri ayrıca bir Bahçe Perisi tarafından Reis Elf'e iletilen özel bir mesaj gönderdi: "Güney Kutbu'na varmadan önce oyuncaklar tamir edilmezse, Nacreous bulutları kaybolacak ve yok olacak. Okyanusa düşecek ve kimsenin istemediği oyuncaklarla birlikte yok olacaksınız". Mektubun bir kopyası Noel Baba Müzemizde bulunmaktadır. Kimse Reis Elf'ten haber alamadı ama birkaç oyuncak bazı maymunlar tarafından bulundu. Duyduğumuza göre bu oyuncaklar Afrika'da bir sahile vurmuş.

Hiçbir elf Reis Elf'le birlikte Güney Kutbu'na sürgüne gitmek istemedi. Reis Elf, elflerine gitmelerini emredecek kadar ileri gitmiş. Bu bir isyana neden olmuş. Bir gece, bir grup elf Reis uyuyana kadar beklemiş. Bu elfler Reis Elf'i kurdelelerle ve yaylarla yatak odasına bağlamışlar. İki Nacreous Bulut geldiğinde, elfler yataktan ekstra kurdeleleri özel büyük bir balona bağladılar. Bu balon oyuncak fabrikasında bu durum için yapılmıştı. Balon en büyük Nacreous Cloud'a ulaştığında, bir ok atılarak balon patlatıldı. Reis Elf baş aşağı düştü. En büyük Sedefli Bulut'un tam ortasına inmiş. Elfler aynı numarayı kırık oyuncaklar için de yaptılar. Kurdeleler balonlara bağlandı ve kırık oyuncaklara tutturuldu. Bu balonlar oklarla vurularak kırık oyuncaklar daha küçük Nacreous Bulutu'na indirildi.

Tüm elfler Reis'in gidişini kutladı ve karda gömülü oyuncakları bulup çıkardıkları için dokuz ren geyiğine teşekkür etti. Ren geyikleri Seelie Mahkemesi tarafından tüm suçlardan masum bulundu. Tüm elfler Noel Baba Krallığı'nda kalıp oyuncak yapmaya devam ettiler.

Noel Baba'nın yerini hiçbir zaman yeni bir Arazi Şefi Elf almadı. Her yıl Şef Elf'in ayrılışını kutluyoruz. Bu bayrama Dönüşüm Günü diyoruz.

Öteki Dünya'daki tüm periler çöp kutularında buldukları atılmış oyuncakları bize gönderiyor. Bahçe Perileri onları yüzlerce uçuruyor. Bu oyuncakları yeniliyor ve Noel arifesinde Noel Baba ile birlikte tekrar gönderiyoruz. Elflerimizin bu atılmış oyuncaklar için harcadığı tüm çaba iklim değişikliğini durdurmaya yardımcı oluyor. Yarın Dönüşüm Günü. Noel Baba ile tanışacaksınız. Ifty son bir şey daha söylüyor, "Tüm arkadaşlarınızın ve Jumping-Jack'in yarın Noel Baba'ya vermek üzere bir dilek listesi hazırladığından emin olun".

Itsy-Bitsy tüm çocuklara ve Jumping-Jack'e Noel dilek listelerini kartpostallarına yazmalarını söyler. Ertesi gün gelir ve herkes festivaldedir. Noel Baba Krallığı'nın her yerinde havai fişekler, kocaman balonlar, kurdelelerden yapılmış fiyonklar ve baston şekerler vardır. Atölyenin içinde Elfler, Bahçe Perileri'nden kutu üstüne kutu almakla meşguldür. Itsy-Bitsy evde bahçede bıraktığı oyuncaklarından birini gördü. Itsy-Bitsy, Ziggy'nin annesine söylemiş olması gerektiğine karar verdi. Annesi Ziggy'ye bir dahaki sefere çöpü çıkarırken onu çöp kutusuna atmasını söylemiş olmalı. Oyuncak Itsy-Bitsy'nin en sevdiği bebekti.

Itsy-Bitsy Noel Baba'ya gönderdiği kartpostalda bebeğinin geri verilmesini ister. Bebeğin adı Betsy Wetsey. Itsy-Bitsy onu birkaç yıl önce Noel Baba'dan almıştı.

Çocuklar Noel Baba'yı selamlar ve ona kartpostallarını verirler. Bahçe Perisi bir kutunun içinden çıkar ve Noel Baba'dan kartpostalları ve yanında götürmesi için bir kurabiye alır. Noel Baba Elf Ifty'den bebeği bulmasını ister. Ifty, önce bazı elfler yuvarlanan metal oluktan aşağı kaymasına yardım ederse bebeği aramaktan mutluluk duyacağını söyler. Noel Baba demiş ki, Ho, Ho, Ho! Bütün çocuklar Ifty'ye katıldı ve ikinci kattan birinci kata doğru yuvarlandılar. Çocuklar o kadar iyi vakit geçiriyorlardı ki, kimse eğlencenin bitmesini istemiyordu. Noel Baba Elfleri, paraşütün dibine kadar gelmeyi başaran her Elf ve çocuğa baston şeker ve ev yapımı çikolatalı kurabiye verdi. Ifty kutulardan birinden bir bebek çıkardı ve bebeği Itsy-Bitsy'ye uzattı. "Evet, evet, bu benim bebeğim, Betsy Wetsy'm!" "Teşekkürler Noel Baba! "Teşekkürler, Ifty"!

Bu tam zamanında oldu. Pencereden dışarı bakarken, Noel Baba Elflerinden biri Kap Bulutu'nun Noel Baba Krallığı'na yaklaştığını gördü. Itsy-Bitsy, Noel Baba ve Ifty'ye yakında tüm çocukların yola çıkacağını söyledi. Zıplayan Jack çok fazla kurabiye yemiş ama yine de tüm çocukları Şapka Bulutu'na taşımayı başarmış. Parlak mavi bir gökyüzüne doğru yola çıktılar.

Zincir Bağlantı

Başlık Bulutu, çocukları Arazi Şefi Değişim Bağlantısı'na götürmesi için Vaftiz Anne Peri'den aldığı özel talimatlarla Noel Baba Krallığı'na indi. Vaftiz Anne'nin Öteki Dünya'daki herkes için Altın Kuralı yalan söylememekti. "Hiç kimse bir yalanı yaşamamalı".

Itsy-Bitsy uzun altın sarısı saçları olan güzel bir çocuktu. Menekşe rengi gözleri sıradışıydı. Küçüktü ama okulda popülerdi. Kişiliği, hava tahminleri hakkındaki bilgisini paylaşmak gibi güvenle ışıldıyordu. Sınıf arkadaşlarının hepsinin kendisinden daha uzun olduğunu fark etti. Itsy-Bitsy sorular sormaya başladı. Bir gün annesine küçük boyuyla ilgili sorular sordu. Annesi şöyle cevap verdi: "Boyun hakkında endişelenme. Yakında boyun uzamaya başlayacak. Uyuduğun saatlerde daha da uzayacaksın" demiş. Itsy-Bitsy evdeki hiçbir aynada kendine bakmayı reddetti, çünkü kalbinin derinliklerinde boyunun uzamayacağını biliyordu. Itsy-Bitsy yatak odasının kapısına boyunu gösteren bir işaret çizdirdi. Aylar geçmesine rağmen yeni bir işaret eklenmedi. Ziggy bile onunla alay etmeye başladı ve ona "Bücür" dedi. Storm, Itsy-Bitsy'ye boyunun daha fazla uzamamasının seni daha çok kucaklamak için sevimli tuttuğunu söyledi. Itsy-Bitsy, oyuncak bebeği Betsy Wetsy'nin sadece dört katı büyüklüğündeydi! Çoğu çocuk her yıl yeni giysiler alırdı, çünkü giysileri eskirdi. Öte yandan Itsy-Bitsy'nin giysileri asla eskimezdi. Giysilerini eskiyene kadar giymek zorundaydı. Itsy-Bitsy asla yeni ayakkabı almazdı. Ruhlarında delikler olması gerekiyordu. Itsy-Bitsy bu durumun adil olmadığını düşünüyordu. Ziggy her zaman yeni kıyafetler ve ayakkabılar almaya devam etti. Her yıl daha da uzamaya devam etti.

Şapka Bulutu nihayet Arazi Zincir Bağlantısı üzerine ulaştı. Şapka Bulutu, Buluttan inmesine izin verilen tek çocuğun Itsy-Bitsy olduğunu, çünkü Arazi Şefi Bağlantısı için kartpostalı olan tek çocuğun o olduğunu duyurdu. Kaptan Bulut yalan söyleyemezdi. Başka nedenler de biliyordu ama bunları gizli tutmaya çalıştı, ta ki bir çocuk ağlayana kadar, ama neden? Bulut cevap verdi: "Bu arazi çok tehlikeli. Peri Bağlantıları seni alıp çifte geçiş yapabilir ve sonra tekrar tekrar başka bir çifte geçiş yapabilir. Seni insan ailene ya da Öteki Dünya'ya geri döndürebilirler. Bu Değişim Bağlantısı Perilerinin çocukları değiştirme konusunda bir geçmişi olduğunu görüyorsunuz. Kimse onlara güvenemez. Peri çocuklarını insan çocukları karşılığında yetiştirmeleri için insan ailelere verirler. Bu Değişim Bağlantısı Perileri, çocuklarının daha iyi bir eğitim alabileceğini ya da kendilerine daha iyi yiyecekler gibi daha fazla fırsat sunulabileceğini düşünürler. Belki de sonunda daha uzun boylu olacaklar. Bu durum siz beş çocuk için çok tehlikeli, çünkü hepiniz İnsan Dünyasına doğru yola çıktınız. Alkış Bulutu'nda kalın. Benimle güvende olacaksınız. Hepinizin en sevdiğiniz oyunu oynamanıza izin vereceğim, ne görebileceğimi tahmin edin".

Itsy-Bitsy çok cesurdu. Zıplayan Jack'e atladı ve Arazi Değiştirme Bağlantısı'na indi. Belki de gerçeği bulabilirdi. Belki de köklerini öğrenecekti. Varoluşuyla yüz yüze gelebilirdi. Değişim Bağlantısı tam olarak onun bilmediği neyi biliyordu? Gerçeği öğrenebilir miydi? Hangi soruları soracaktı? Her şeyden daha kötüsü, Bulut'tan çıkmasına izin vermek onu tutmak için bir komplo muydu? Kardeşi Ziggy'yi bir daha görmese bile umurunda olmayacaktı ama annesini ve babasını özleyecekti. Bu tür düşünceler gözyaşları ve yuvarlanmalarla karışarak içinden akıp geliyordu. Bu ziyaretten ne çıkarsa çıksın, hâlâ Jumping-Jack'e ve en sevdiği oyuncak bebeği Wetsey Betsy'ye sahip olduğunu düşünerek kendini sakinleştirmeye çalıştı.

Itsy-Bitsy, güneş ışığının çoğunu kapatan sık ormandan kendisine doğru gelen ayak seslerini duydu. Buradaki ağaçlar sadece ışık huzmelerinin yere değmesine izin veren bir gölgelik oluşturuyordu. Yaklaşan her adımda Itsy-Bitsy biraz daha tedirgin oluyordu. Sonunda, ayak sesleri tam bir ışık huzmesinin altında durdu. Bir ses, "Ben Arazi Şefi Değişim Bağlantısı'yım. Bağlantılar

Departmanımızdan bir arşiv kitabını yanımda getirdim. Link Runner kitabı okumanız için tutuyor.

Adını bulmana yardım edecek, Itsy-Bitsy Cloud. Belki de adınız kitapta yoktur. Neyin ortaya çıktığını birlikte görmek için ışığa gel. Itsy-Bitsy tereddüt eder ama merakı onu ışığa götürür. Link Runner kitapta onun adını bulur ve Itsy-Bitsy Cloud adını işaret eder. Diğer Dünya Kitabı senin aslında bir Peri olduğunu ve bizim Değişim Bağlantısı Arazimize ait olduğunu belirtiyor. Koşucu Bağlantı şöyle devam ediyor: Bulut adında bir insan ailesine verilmişsin. Hiçbir insan senin peri olduğunu tahmin edemesin diye kanatlarını kestik ve kulaklarını değiştirdik. Itsy-Bitsy bu haberi duyunca ağlamaya başladı. "Bana ne olacak?" Bu sözler hıçkırıkları arasında duyulabiliyordu. Şef Link, Itsy-Bitsy'yi sakinleştirmeye çalışır. Vaftiz Anne Bulut bu ziyareti senin bir yalanı yaşamaman için ayarladı. Başka Dünyadaki hiçbir peri ya da İnsan Dünyasındaki hiçbir insan yalanla yaşamamalı. Gerçek, tüm şüpheleri ortadan kaldırır ve varlığınıza mutluluk verir. Vaftiz Anne Bulut, bedeninizle ilgili sorularınızdan gerçeği öğrenmenizin tam zamanı olduğu sonucuna vardı. Harika kişiliğiniz değişmeyecek. Evlat edindiğiniz İnsan Dünyasında hâlâ seviliyor olacaksınız. Orada hiç kimse nereden geldiğini sorgulamayacak. Itsy-Bitsy diyor ki, "Hâlâ kafam karışık. Kiminle değiştirildim?" Şef Link cevap verir: "Küçük bir insan kızıyla değiştirildin." "Onunla tanışabilir miyim?" "Hayır, ne yazık ki birkaç yıl önce öldü, çünkü söz dinlemiyordu. Bir buluta tırmanmak için ağaç evinden atladı. Yuvarlanarak yere düştü. Senin gibi onun da aynı gizli dileği vardı. Ancak o, dileğini yerine getirmesi için iyilik perisini beklemedi".

Itsy-Bitsy, "Bana, bebeğime ve Jumping-Jack'e ne olacak?" diye sorar. Şef Link, Itsy-Bitsy'ye insan anahtarının trajik ölümünün artık Bulut ailesi ile asla gerçekleşemeyeceğini söyler. Alkış Bulutu'ndaki seyahatleriniz için Vaftiz Anne tarafından belirlenen şartlara uymanız koşuluyla onlara iade edileceksiniz. Itsy-Bitsy büyük ölçüde rahatladı.

Şimdi tek sorunu kartpostalını Arazi Şefi Link'in eline ulaştırmaktır. Itsy-Bitsy, defterde adını görmek için son bir kez Runner Link'in yanına gider. Şef Link'in Itsy-Bitsy ile görüşmesini kaydetmek için defteri imzalaması gerektiğini biliyor. Koşucu Link'in çevirdiği çeşitli sayfalarda onun birçok imzasını gördü. Itsy-Bitsy kartpostalını kitaptaki isim sayfasına yerleştirir. Reis kitabı imzalarken kartpostalı alır. Gazete baskısı giymiş Bahçe Perisi kitabın kapaklarından uçarak gelir ve kartpostalı alır. Kartpostalla birlikte gider. Çok geçmeden, Şapkalı Bulut bir ağacın tepesinde belirir. Zıplayan Jack, sırtında Itsy-Bitsy ve bebeği ile birlikte en yüksek ağaca tırmanır. Zıplayan Jack daha sonra büyük bir sıçrama yapar ve Şapka Bulutu'nun üzerine düşer. Bütün çocuklar alkışlar. Onu gördükleri için çok mutlular! Çocuklar Itsy-Bitsy'ye Şapka Bulutu'ndan bir hale yaptılar. Artık çocuklar Itsy-Bitsy'ye Kap Bulutu Meleği diyorlar. Onun yeni adı.

Kelpie, At

Clap Bulutu çok yavaş bir şekilde kuzeye doğru sürüklendi. Çocukların hepsi uykudaydı, bu yüzden bulut Kelpie Arazisi adı verilen yeni hedefine varmakta ağırdan aldı. Çocukların hepsi derin uykularından bir atın kendine özgü sesini duyduklarında uyandılar. Çocuklardan biri "Şuraya bakın" diye bağırmış. Hepsi bir nehrin kıyısında duran ata benzer bir yaratık gördü. Su kadar maviydi.

Alkış Bulutu atın yanına geldiğinde, her çocuk atı sevmek için ilk sıraya girmek istedi. At dost canlısı görünüyordu. Jumping-Jack işini yaptı ve her çocuğu atın yanına yerleştirdi. At her okşandığında minnettarlıkla başını yukarı aşağı sallıyordu. Çok arkadaş canlısı görünüyordu.
Bir çocuğun aklına ona binmek geldi. Çocuk Jumping-Jack'in onu sırtına almasını sağladı. Artık diğer tüm çocuklar da ata binmek istiyordu.

At bu isteği karşılamak için sırtını gererek yer açtı ama sadece beş çocuğa yetecek kadar yer vardı. Bir Açı olan Itsy-Bitsy, nehir kıyısında tek başına durdu ve her çocuğun atın sırtındaki boşluğu doldurmasını izledi. Çocuklardan biri, Itsy-Bitsy'nin yerine oturmasına izin vermek için yerlerinden vazgeçmeye karar verdi. Çocuk attan inemedi. Çocuk atın arkasına yapışmıştı. Diğer tüm çocuklar sırayla attan inmeye çalıştılar. Hepsi sıkışmıştı. Atın arkasına yapışmışlardı. Itsy-Bitsy dehşete düşmüştü.

Itsy-Bitsy atın yanına koştu. Itsy-Bitsy tüm kartpostalları aldı ve çocukları teker teker çıkarmaya çalıştı. Her kartpostal ata yapıştı.

At dörtnala nehre doğru koşmaya başladı. Itsy-Bitsy nehir kıyısında şaşkın şaşkın duruyordu. At suyun içinde kayboldu. Daha sonra, Itsy-Bitsy suyun üzerinde bir kartpostal gördü. Bu onun kartpostalıydı.

Bahçe Perisi mavi giysileriyle nehir kıyısındaki bir ağacın arkasından belirdi ve kartpostalı aldı. Kartpostalla birlikte uçup gitti.

Çok geçmeden Clap Cloud geldi. Zıplayan Jack, Itsy-Bitsy'yi bebeğiyle birlikte hızla Alkış Bulutu'na taşıdı.

Itsy-Bitsy, yüzünde kocaman gözyaşlarıyla, çığlık atarak, "Eve gitmek istiyorum. Hiç kartpostalım kalmadı".

Fırtına

Itsy-Bitsy, pek çok hava tahmincisi gibi hata yapabilir. Yatak odasının penceresini açık bırakmış. Sabahın erken saatlerinde şiddetli rüzgarla birlikte büyük bir yağmur fırtınası oluştu. Yağmur ve rüzgar pencere perdelerini uçurmaya ve yatak odasındaki panjurları takırdatmaya başladı. Ziggy çoktan kalkmıştı. Okula gitmek için hazırlanıyordu ki, Itsy-Bitsy'nin yatak odasından gelen garip sesleri duydu. Hışımla yatak odasına girdi ve pencereyi çarparak kapattı.

Bu gürültü Itsy-Bitsy'yi derin, çok derin rüyasından uyandırdı. Ziggy, "Seni anneme söyleyeceğim" dedi.

Yazar Hakkında

Francis Edwards

Francis Edwards, Victoria Tünel Kitabı'nı çocuklar için hikaye anlatımı ve öğrenme kitapları için modern bir 3D sunuma dönüştürmeyi başardı. Bugüne kadar 15 başlık hazırladı. Tünel Kitaplarından birini satın almak için Etsy.com'a gidebilirsiniz.

Denemeleri, şiirleri ve yazıları Medium.com'da okunabilir. Ayrıca Smashwords.com'da da yer almaktadır.

www.ingramcontent.com/pod-product-compliance
Lightning Source LLC
LaVergne TN
LVHW061626070526
838199LV00070B/6602